SONO

CB082870

# SONO

Luciana Romão

**Saíra**
EDITORIAL

Copyright © 2020 Luciana Romão

Coordenação editorial  Fábia Alvim
Felipe Augusto Neves Silva
Rochelle Mateika
Projeto gráfico e diagramação  Matheus Valim
Revisão  Mari Uesugui

Dados Internacionais de Catalogação na Publicação (CIP)
de acordo com ISBD

---

R761s    Romão, Luciana

Sono / Luciana Romão ; ilustrado por Luciana Romão. - São Paulo, SP : Saíra Editorial, 2020
40 p. : il. ; 16cm x 16cm.

ISBN: 978-65-86236-00-2

1. Literatura infantil. I. Romão, Luciana. II. Título.

2020-438                                                                              CDD 028.5
CDU 82-93

---

Elaborado por Vagner Rodolfo da Silva - CRB-8/9410

Índice para catálogo sistemático:
1. Literatura infantil 028.5
2. Literatura infantil 82-93

2020
Todos os direitos reservados à
Saíra Editorial
Rua Doutor Samuel Porto, 396
04054-010 - Vila da Saúde, São Paulo, SP
Tel.: (11) 5594-0601
www.sairaeditorial.com.br
rochelle@sairaeditorial.com.br

Para Guto Mojica e Mauricio Micossi

sem a ajuda de vocês,
este livro ainda estaria escondido na gaveta.

Boa Noite, diz a mamãe.

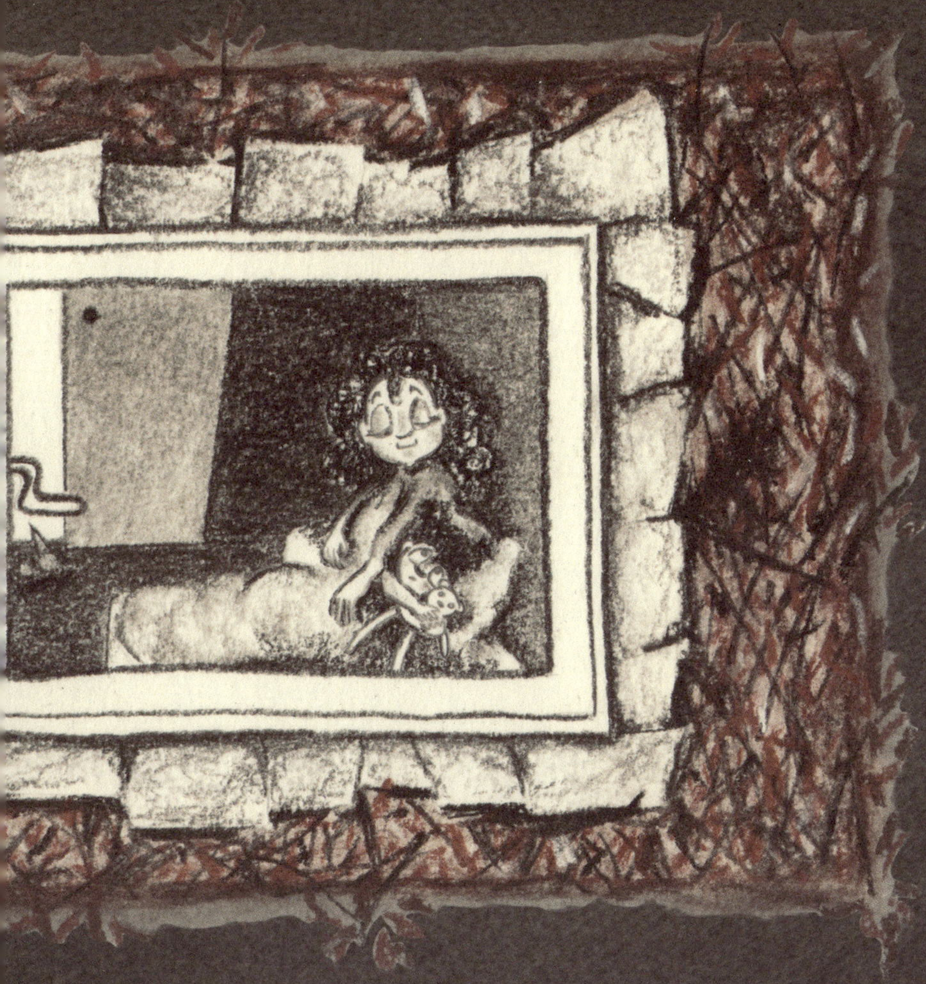

CLIQUE

9

MAS A MENINA NÃO QUER DORMIR.

11

EU SEI QUE VOCÊ ESTÁ AÍ, ELA BALBUCIA.

13

14

E ELE AVANÇA!

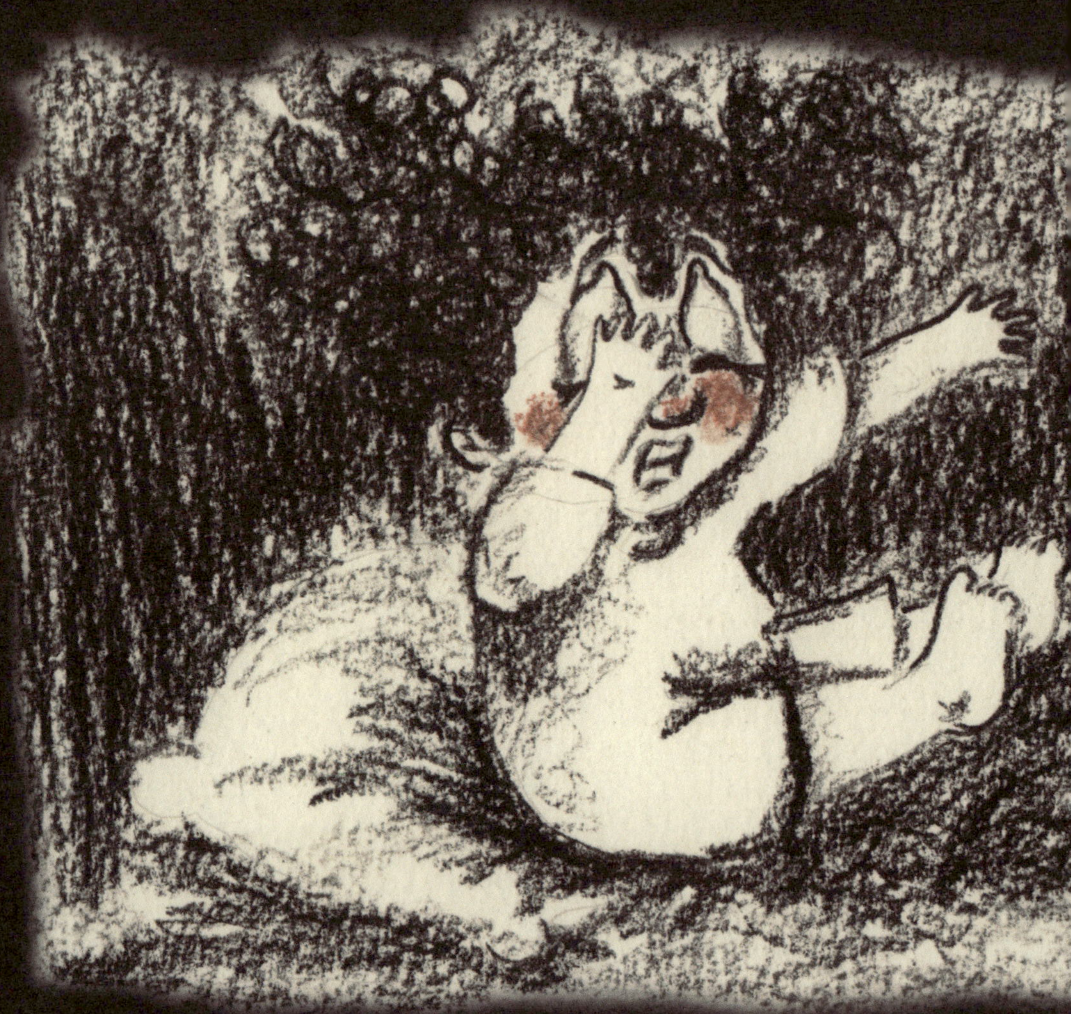

EU NÃO ESTOU DORMINDO!

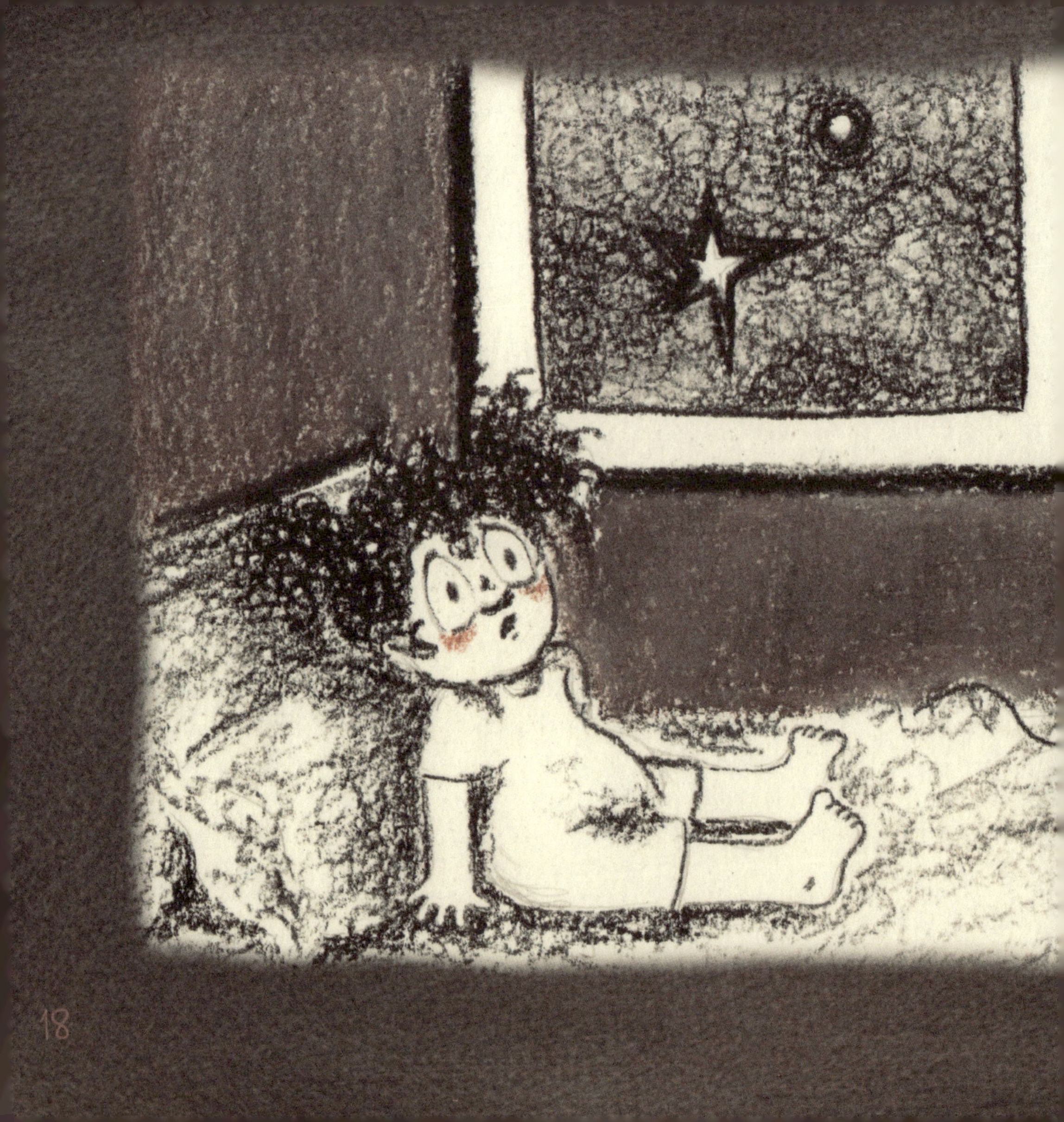

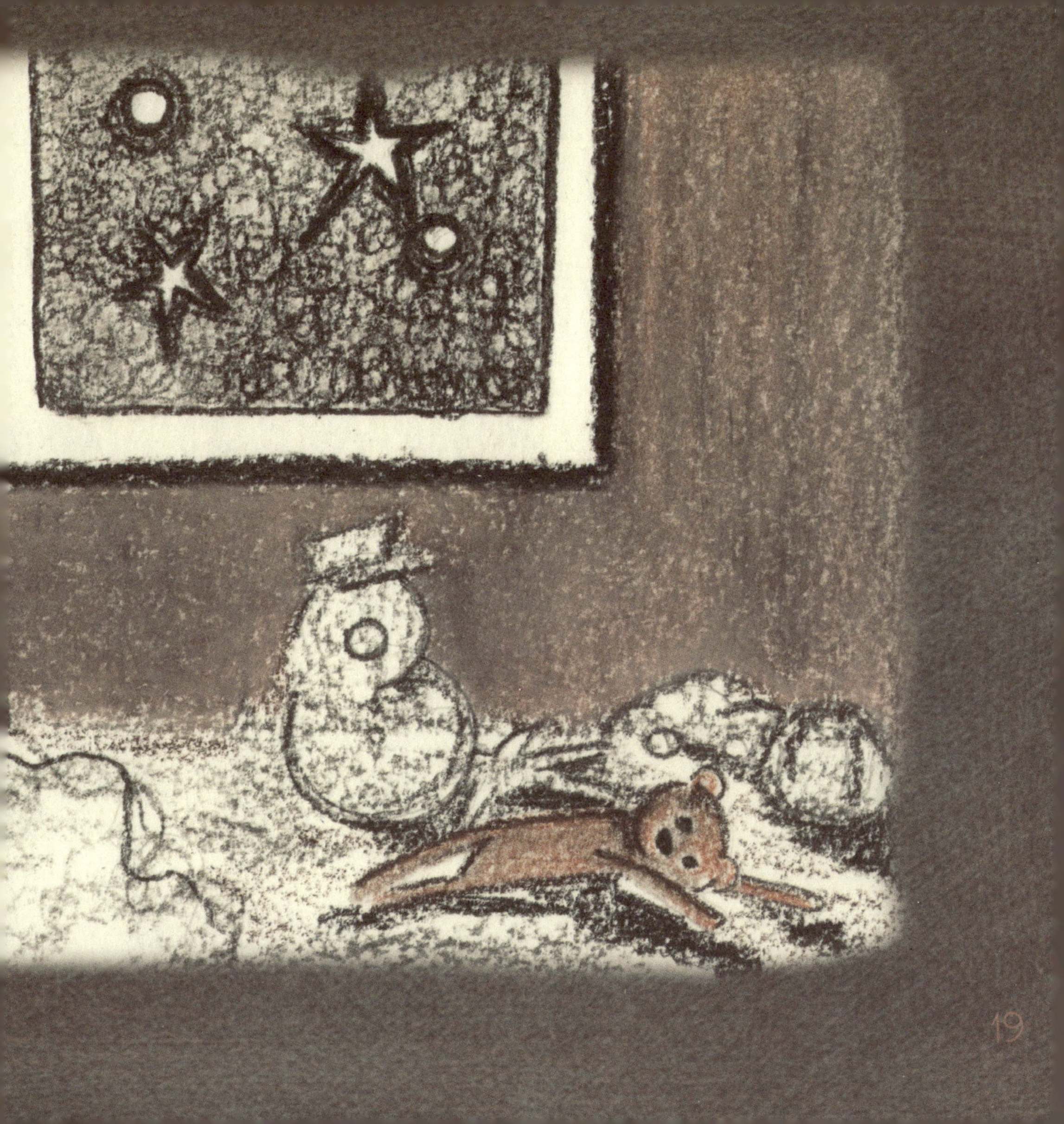

20 A MENINA JÁ VIU AQUILO ANTES.

E SABE O QUE É.

ESGUEIRANDO-SE NO ESCURO,

esperando um momento de descuido

24

PARA SE REVELAR. 25

26 E, NO MOMENTO CERTO,

27

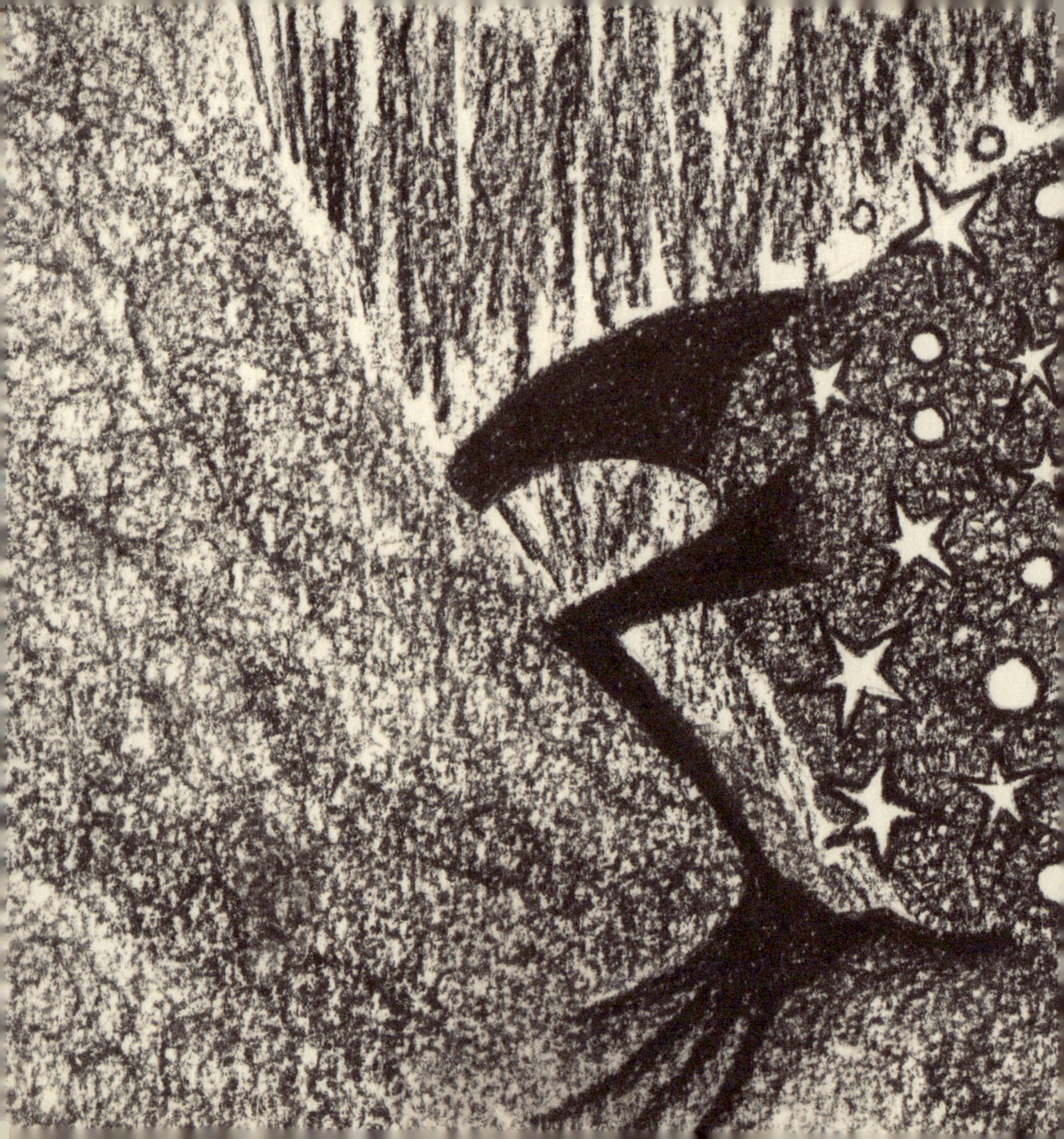

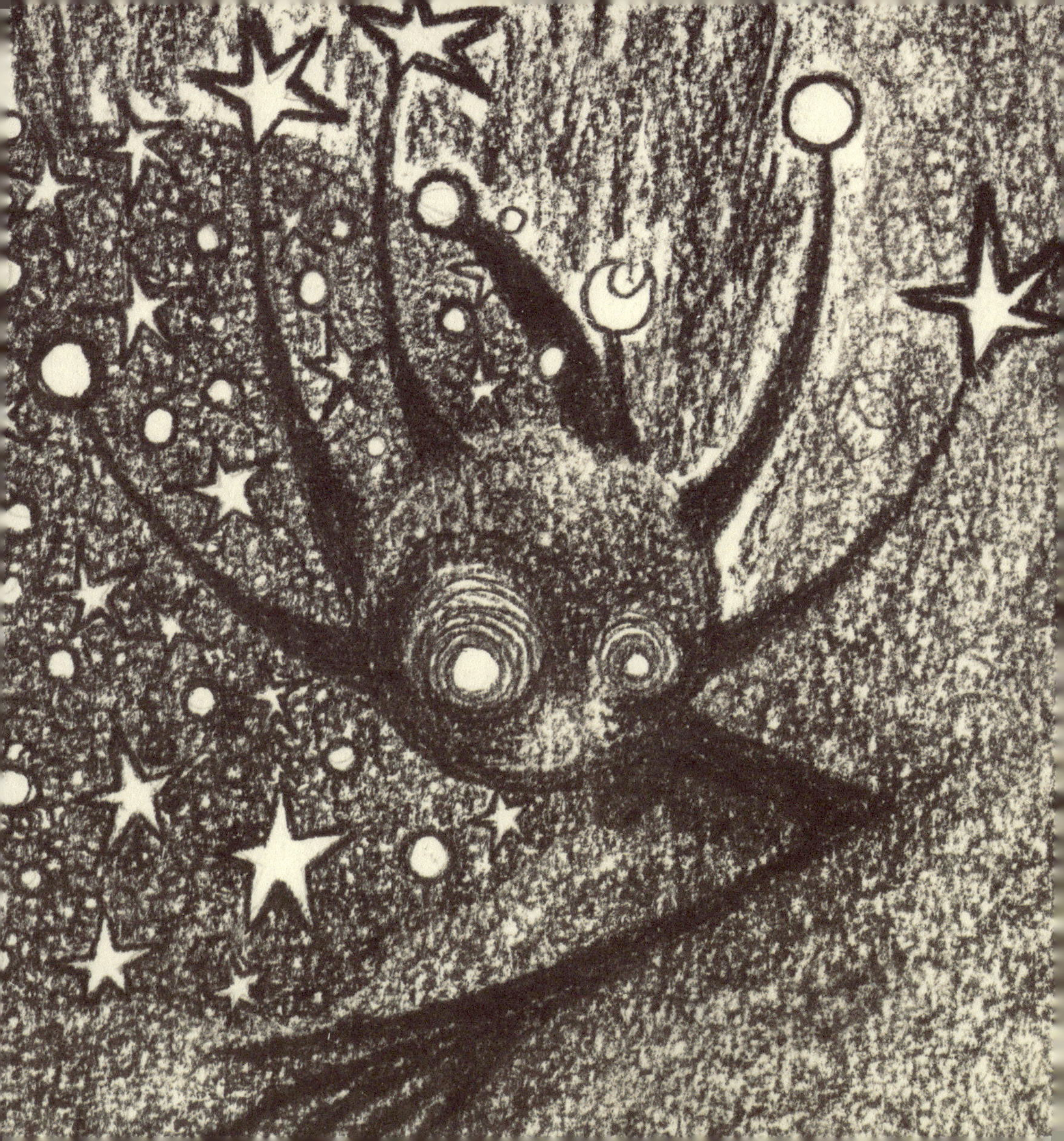

30

O SONO VEM, 31

32

# A NOITE PASSA

33

34 E A MANHÃ CHEGA.

35

JÁ ACORDADA, A MENINA SUSPIRA E LAMENTA:

PUXA! MAS O SONINHO ESTAVA TÃO BOM!

## Sobre a autora

Luciana Romão nasceu e viveu boa parte da vida em São Paulo. Desde criança gosta de ler e de rabiscar seus cadernos, o que a levou a escolher a Faculdade de Arquitetura e Urbanismo (FAU-USP) para formação profissional. Tímida e introspectiva, gosta de expressar seus sentimentos em textos e ilustrações. Insegura e perfeccionista, sabe que tem um longo caminho de estudos e experimentações pela frente. Teimosa, não vai abrir mão do direito à arte, ao erro, às reformulações constantes, ao livre-pensamento e às ideias mais radicais de solidariedade em sua vivência cotidiana no mundo. Além de ilustradora, atualmente trabalha com educação não formal em Artes e Tecnologias.

boa noite

Letras manuscritas pela autora
Impressão em offset pela Grafnorte
Papel pólen bold 90 g/m²
Saíra Editorial
março de 2020